歌集

せかいの影絵

松本典子

短歌研究社

目次

せかいの影絵

装幀　船木有紀

I

ガラスペン

月夜といふ濃紺にひたすガラスペンのねぢれの尖(さき)からひらかれる秋

書き味をためす紙片に「あ」を並べ秋のあ、あなたのあ、と胸に告(の)る

あきらめを書いては消して薄くなる胸のなかの紙　がんを病む友の

ひいやりと凜(すず)しい秋のガラスペンで音符を綴るのだらう　あなたなら

ぎんいろの黙(もだ)ふかめゆくフルートをみがけり友はがんを病みても

澄み切つた三日月　肺を病むひとの声の音階くづれてゆくも

つまさきから透けてくやうだ雨垂れを誘ふピアノに濡れてあなたは

かなへびがするりインクがするり落つ水にひたすガラスペンの尖から

せかいの影絵

秋はいつも直滑降でやって来るゆびのさき朝の水がつめたい

くぐもれるハープの音いろ「亜麻色の髪の乙女」に混じる窓のあめ

グレイヘアにする／しないとふ論の湧き女とは深き霧をまとふもの

ソクラテスの知への思索をはぐくみし秋夜をおもひ燈すキャンドル

『マッチ売りの少女』に泛(うか)ぶ都市の闇マッチが最新の利器だつたころの

マッチはいかが（たすけて）とふ少女のこゑを聴き取れぬいまも街のだれもが

骨と皮になつて死を待つイエメンの少女　カメラに顔をそむけて

飢ゑしからだのリアルを載せつタイムズは消毒されたイメージを憂ひ

手のひらのスマホは震ふ虐殺や蹂躙を喚ぶレアメタルを蔵ひ(しま)

ノーベル平和賞を受賞したナディア・ムラド氏

からだといふ戦場に負ひしふかき疵ものがたるナディアの黒くつよき眼

茎も葉も枯れながら季(とき)にあらがひて点れり返り咲きのばらいろ

二〇一四年八月三日、中東の少数民族ヤズディの村へダーシュ（過激派組織ＩＳ）が侵攻。林典子著『ヤズディの祈り』は現地の写真と取材によりナディアたちを襲つた惨劇を伝へる。

砂埃にまみれた片方だけの靴　きのふの平和と永遠にはぐれて

糸の切れてばらけた数珠をまとひゐる乾いた大地に骨となつても

ヤズディが信仰の対象とする「孔雀の天使」

碧き眼の孔雀の羽根よ　だれもゐないこの家でおまへが見たものを語れ

化粧つ気のない顔で抱くカラシニコフ美容師になりたかつたデルシムが

その顔がおぼろげなのは白いヴェール　否、わたしが正視できないためか

土窯でパンを焼きあぐる火がゆふぐれの顔ほの照らす難民キャンプ

難民としてドイツへ

床に皿をならべ片膝を立てながらヤズディは食むドイツへ来ても

ドイツ語に耳をふさぎて老いの言ふ　わたしの暮らしはシンガルにあつたと

きのふまでの傷のすべてを抱きしめる腕のなか涙をこぼす花嫁

顔の向きおもひおもひに風を浴ぶコスモスの群れ華奢なからだで

いつそ心をもたない果実だつたなら　LINE（ライン）で売り買ひされて女たち

だれのための〈慰安〉〈接待〉たたかひの火蓋を切るのはいつも男で

とどかない叫びに髪をさか巻かせ空を仰ぐのだらう　わたしも

砲煙、瓦礫、桎梏にあへぎ仰ぐその空へ放つ鳥ジャーナリズムは

安田純平氏が三年四ヶ月ぶりにシリアの武装勢力から解放される

囚はれのジャーナリストに湧きおこる自己責任を問ふこゑがまた

まつぶさに見る、聴く、撮る、そして伝へるとジャーナリストの炎よゆるぎなき

「すべての子どもに五歳の誕生日を」と乞ふ街頭募金のいとけなき声

Have yourself a merry little Christmas　歌ごゑは聖くやすらぐ神持たぬ身も

すすむべき道知るゆゑにつややかなマイルス・デイヴィス気魄の音いろ

カット盤のＬＰで聴く古きジャズ　アメリカに壁は消えざりいまも

スケボーで跳べば影さへ地をはなれ逆光にきみの黒きシルエット

秋の日のプラットホームに行き来するこころ　せかいの影絵を見せて

♮ナチュラル

二〇一七年九月、土星探査機「カッシーニ」はミッションを終へ、土星大気圏に突入。地球由来の物質で衛星表面を汚染してしまはないやうに。

だれもゐない宇宙でひとり詠ふやうな孤独かさなるカッシーニの旅

神のごとくナチュラルを創るひとの手よカッシーニを自己消滅させて

ヒーローのやうに生きられず仰ぐ空カッシーニこよひ燃え尽きるまで

にくしみに変はれる愛をねむらせてわたしの銀河冴えざえと冷ゆ

翡翠いろ青磁いろ瑠璃いろの実の宇宙もろとも野ぶだうを摘む

薔薇のＴＡＴＯＯ

春はうすい金いろ秋は琥珀いろ歳月は花蜜の壜にとろけたり

ひと匙ほどの蜜をあつめて逝く蜂のきらめきパンに滴らせゐつ

一歩また一歩　笛の音に誘はれ落ちてゆく盧生の夢の中へと

いつせいに咲きひといきに散るさくら身の芯に据ゑ「邯鄲」を舞ふ

万華鏡のなかで舞ふおもひ「邯鄲」に春夏秋冬も昼夜も咲きそろひ

さくらいろの龍となり河をながれゆくひとつひとつは小(ち)さき花びら

すぼめたる五指をひらけば花となり「令和」は美(は)しとおもふ手話にこそ

ビルの窓にかがよふ夕陽撮る男のふくらはぎで咲く薔薇のTATTOO(タトゥー)が

ねむり足りない少年が背を丸めるやうに萌え出づる銀杏若葉やはらかし

絵の具に似し塗り薬ならび処方さる夏を喚ぶやうな草いろのひとつ

たつぷりと墨を含める筆のやうに湧き来ることば待つ梅雨の髪

派遣といふネジひとつ替ふる相談のひそひそ窓を打つ雨のつぶ

ぬかるみから身体を剝がすごとく起ち田中泯といふダンス生(あ)れたり

くきやかな少女の膝よトウシューズの提がりしリュック見るまでもなく

シェーバーをあてがふ朝の手つき見せ小型扇風機を回すビジネスマン

キッチンカーにじゆわつと油くぐる鶏のスパイスの香に濃くなる夏が

本と顔

はんなりと夕陽を浴びてもみぢするビルディングも深まる秋なれば

「月が綺麗ですね」の意なり漱石の訳するところI love youは

きみの椅子にちがふ誰かが坐つてもジャスミンはあまき匂ひを放つ

いつのまにか虫に喰はれし簞笥くづれ嫁ぎてよりの母の軀（み）おもふ

一階へ降ろすベッドに母の老い深まりて寂しましろきシーツ

くすりと薬のあひまに食べるやうな母の一合炊いても残るひとりゐ

動かない氷柱のやうに冷たくて老いし母の脚立つたまま洗ふ

ときに黙つて姿をかくす本の友ローガン卿は赤い縁(ふち)のめがね

『うたげと孤心』なかなか読めずこのめがね掛ければたちまち睡魔が襲ひ
＊大岡信著

ひらいては閉ぢて小皺をなす顔をわたしといふ書の表紙とおもふ

横浜・三溪園

捨てぶねの舳さきに冬日浴びながら立つてゐるこの鷺の絵ごころ

しらさぎの輪郭は冬の陽に溶けて水に落ちる影つよき眼をもつ

みづからの影くちばしで毀しつつ白き鷺立つ冬ざれの池に

原三溪が愛でし睡蓮もいまは冬　苔いろの葉を透かす池のなか

こちらへと誘ふ手のひら泥にごる池の中ゆらり蓮の葉ゆれて

ＡＩの美空ひばりに聴き惚れてゐる（ふりの）顔怖し大みそか

かさね来し稽古の齢(よはひ)の滲むこゝゐ「鉢木」のあゝ降つたる雪かな

沙那王の白鉢巻をおもひみれば長き芸のみち「鉢木」までの

立ちつくす宝生閑の背を濡らし「鉢木」の雪吹き荒るる見ゆ

報はれぬおもひ幾つか「鉢木」の雪沁みて来つ四十路のなかば

すつくりと神を降ろせるやうに立つすいせんは雪の匂ひをまとひ

II

ひとも街もこゑも

二〇一九年の度重なる台風により被害を受けた房総は私の生まれ故郷

雨、雨、雨うち続く秋を暴れゐむ雨露を謳ふ黒き馬がどこかで

まなかひに時空ぴしやりと裂けてゐて　一階に沈む　ずれた二階が

にぎりかへす手のある老いからひとり抜けふたり抜け避難すらできぬ母

ハウスからビニールを剝ぎ骨をぐんにやりと撓ませ風は波濤のかたち

長引く停電で器械による搾乳も加工もできず

しぼつては棄てしぼつては白き乳を棄てそれでも救へなかつた牛たち

逆さまのキャンピングカーも道標に変はる嵐から七日が過ぎて

だだつぴろい駐車場に人ひとりゐず陽を浴びて待つ自衛隊の風呂が

ひとも街もこゝろもなく静か　すきま風、雨、青かびの匂ひに堪へて

突けば飛び散る水風船のかなしみを突かれねば黙しゐつ被災のだれも

いま富士はあかね雲に映ゆ　水、発電機、ガソリンを買ひ戻る船のうへ

嵐のあとのこの柔き風　ドメスティックヴァイオレンスに似てゐて恐い

捲れあがるブルーシートに家はもはや舵をうしなつた舟　風が呑む

青き帆をはためかす舟の群れと見えて家、家　いまにも難破しさうな

パフォーマンスに来る政治家の作業衣はカメラにびしつと糊をきかせて

炊き出しに並ぶ人たち

ひと盛りのごはん、ひと椀のみそ汁に立ちのぼる湯気ほどの生きがひ

ふすま、たたみ膨らんで重したつぷりと雨を家族のおもひでを吸ひ

白は日照り黒は雨露なる絵馬ふたつ手にし来る歳の春をうらなふ

波音を吸ひ

すずやかに海は秋　ひかる砂に映る白雲をまた波がさらつて

ベニヤで出来た「震洋」といふ特攻艇つなぎし杭見ゆ波に朽ちながら

「震洋」の発ちし入り江を眺めゐる老女ひとり手押し車をとめて

だれもだれも特攻艇の影をわすれ入り江はしづか波音を吸ひ

征くにはちひさな零戦とおもふ生ひ茂る夏草はらひ掩体壕に立ち

赤山地下壕（千葉県館山市）

がらんとした地下壕に残る御真影を置くべく刳り貫かれたる窪み

負傷兵の手当て、発電、軍議までひとつの壕に満ちる息づかひ

ひんやり暗い地下壕を出で軍服を脱ぐおもひにて聴く蟬しぐれ

壕を出づれば自衛隊の飛機まなかひをかすめ戦時と紛ふつかのま

ふたり子を逝かせし終戦の夏に触れず祖母はしづかに墓碑洗ひゐき

波にたゆたふ軍都の記憶おだやかな鏡ヶ浦に富士の嶺（ね）うかび

傘／香港

二〇一九年六月　香港

くちびるの薄い男のやうな雨しやうしやうと香港をせかいを覆ふ

香港のデモおもひ眠る夜はくろき傘あをき傘ひらく夢のなか

はぎ取られ素はだかとなる　意に添はぬ衣かぶせらる　声を上げずにゐたら

赤いドレスひるがへし唇（くち）をひらく鯉　池といふかぎられた領域で

まがひものの自由を胸に揺らし来つ香港そして日本といふ女

わたしはわたしでゐたいと歌ふ　金髪から辮髪に男が替はつても

黄いろい鶏（とり）と鶏のたたかひ遠くから嗤つてみてる青い眼の飼ひ主が

だれもが自由を望んでゐながら香港に燃えあがる傘、傘、骨までも

光復香港　時代革命　ふさいでゐた眼を耳をくちびるをひらいて

Be Water 水のやうになれとデモはうねりぶつかり香港はどこへ向かふのか

黒い龍のごとく香港にうねるデモきのふを変へる水になれ、水になれ

ゴム弾に撃たれ片眼を失ひしジャーナリストそののちを知らずも

きのふまで届いてたこゑが聴こえない自由をさけぶ香港のこゑ

骨の折れたビニール傘はころげゆき香港を濡らす雨がここにも

ひとは老いて

ひとは老いて躓（つまづ）くものと知らぬげにプラス成長を国家はさけぶ

髪を洗ひ背なかを流してもらふため〈要支援2〉を母はよろこぶ

導火線引き入るるその手さばきと見てゐつ「共謀罪」法成りゆくを

ふりかざす正義のもろさ　炎上を恐れる気持ち　火種となるは

大正十四年三月八日「東京朝日新聞」夕刊の見出し

「無理やりに質問全部終了」し成り立つ治安維持法もまた

平成二十九年六月十五日「共謀罪」法成立

ことば、こころ、いのち奪ひし戦火を忘れけふこの国はみづから滅ぶ

こころとは裏はらの文字したためて特攻兵は発ちたり　空へ

沈黙のわれに見よとぞ百房(ひやくふさ)の黒き葡萄(ぶだう)に雨ふりそそぐ　斎藤茂吉『小園』

くろぐろと茂吉の両眼呑みつくし実らむ百房の葡萄ふたたび

おまへは詠ふな、生きる悲しみをと吹く風にどこまでまもれるだらう〈わたし〉を

独裁を恐るる気持ちがまた新たな圧勝を生み都議選は果つ

七月十一日「共謀罪」法施行

八月六日、九日、十五日のやうな夏空に据ゑらる監視カメラが

おなじ轍を踏むおろかさを日々に感じ「水平社宣言」紐解くけふは

ゆふべの雷雨

文楽「菅原伝授手習鑑」

やぶれたる三味線の皮のぞきこめば棹に書かれゐし前名・清二郎

＊鶴澤藤蔵

「打つ鉦も拍子乱れて」三味線の皮やぶりたり気合ひの撥（ばち）は

＊桜丸切腹の段

やぶれて鳴らぬ太棹（ふとざを）を抱きヤア、ハッと掛けごゑで太夫に語らせ畢（をは）んぬ

やぶれし皮の湿りぐあひに思ひ馳せて藤蔵はゆふべの雷雨を言へり

こすれあふ胴から皮膚をまもらむと三味線弾きの手くび　毛を生やす

桜丸に来る日も来る日も詰め腹を切らせて千秋楽のにぎはひ

チョークの匂ひ　――平成を振り返つて

前略　蔵王のダリア園から…と書き起こす愛に酔へりをさなくて

＊宮本輝著『錦繍』

紅野敏郎教授に近代文学の礎を学ぶ

「雑司が谷の漱石の墓の前で」と言ふ教授ゐてハードルの上がる逢ひ引き

息をはづませ牧瀬里穂が駅かけ抜けるクリスマスイヴ　ひとりで過ごす

かぶけんと言へば株券のご時勢にたたきたり歌舞伎研究会のとびらを

第一学生会館二十六号室

この部屋を火曜はシェアする「早稲田短歌会」邪魔ねえと言ひてゐたりしがまさか

おもへば二十歳のわれの背伸びよ並木座に「東京物語」わかつた顔で

窓をよぎる選挙カーからショウコウと連呼する声かぶりものの青いゾウ

くせの強いあなたの文字をさがす駅の伝言板　白いチョークの匂ひ

はじめて能を観る

岐路と知らず友枝昭世の「松風」を観てゐたり譲られしチケットで

平成四年四月刊行開始

『宮本輝全集』を購(か)ひ揃へたり青が散る春の初月給から

たまごつち育児の真似に興じつつ産みどきをわれは逸してゐたり

国立能楽堂に勤務

新作能「晶子 みだれ髪」の楽屋にて辞儀うつくしき馬場あき子にまみゆ

うちに来て三年勉強しないかと〝馬場狩り〟に遭ひしも能楽堂にて

本当にわたしが産んだ子かしらといふ母よ　能のほか歌まではじめ

かたちなき舞は歌、ことばなき歌は舞といふ　いにしへの能役者はも

＊金春禅竹

9・11

崩れ落ちる感があるいつも　弧をゑがき飛行機がビルに突つ込んでから

テロや地震、津波に「言葉もない」などと折れたかも詠つてゐなかつたなら

第一歌集出版のお願ひに先生は編集部までご一緒してくださつた

「これに歌を吹き込んであるの?」と岩田正に言はしめて薄しフロッピーディスク

リストラや経営破綻に首をすくめ竦めて奨学金返し終ふ

このごろ巷にはやるもの　かの断・捨・離にほど遠くまた本がなだれつ

いくつかの写真と手紙、夏帽子　さつぱりと逝きて父の行李がひとつ

手触りへのこだはり『舟を編む』に知り辞書を離(さか)りし指がうづきぬ

＊三浦しをん著

一九九二年以降巻き戻されたのはオバマ米大統領の核廃絶運動による一度だけ

巻き戻せぬ平和とおもふあざ笑ふやうに終末時計の針進むたび

シャーロック・ホームズは留守　ベーカー街２２１Ｂに名刺残し来つ

ハロッズを出づるわれを見しガイドの眼いま中国の爆買ひに思ほゆ

ながく母を看てさいごまで看てふつと消息を絶ちてしまひたる友

アイボとふ犬型ロボット棲まはせむひとりゐの母とわれのすきまに

時を経ても変はらないもの

神楽（かぐら）、楽（がく）、乱（みだれ）にいたる稽古へとむかふ道すがらに桜ことしも

わがままな生きかたとおもふ夢ばかり追つてあなたを寂しがらせて

糸を手繰るやうに出逢ひて時に糸をさらふ風にも遭ひあゆみ来つ

つなぐものは言葉のちからツイッターに語り合ひいつか逢ふときを待つ

III

春雷

ひとは未知のウイルスを恐れ籠もりゐつドローンに犬の散歩をさせて

春の昼　カミュの『ペスト』をひもとけば死を呼ぶネズミが走るふたたび

逃げ出したい、稼ぎたい、救ひたい顔がくきやかとなるペストのもとで

危機こそはチャンスとめざとき人もゐてヤフオクで五十倍の値のマスク

パンデミックをふせぐ水際に在るいのちひかりを放つ船室の窓から

ひとり、またひとり感染を待つやうな豪華客船のまばゆいひかり

コロナと闘ふ医師へ看護師へ〈ARIGATO〉東京タワー青くかがよふ

エッセンシャルワーカーのひとりも知らず「命の鐘」を聴きゐるゆふべ

STAY HOME の呼びかけに取り残されつ春雷に家を持たぬ人たち

ソーシャルディスタンスその孤絶感に立ち尽くす白杖のひと信号をまへに

ねむる鳥の胸毛のやうに膨らんで芍薬は白しつきかげを浴び

一六六五年英国中部にあるイーム村でペストが発生。次々と村人が死亡する中、村の指導者は全村隔離を決断。人口の三分の一を失ひながら感染を村内で食ひ止めた。

倫敦から布地（ペスト）を取り寄せていのち落とせり仕立て屋のジョージ

火をくべて湿つた布地を乾かせば飛び出だす蚤ペストにまみれ

黒死病に術もなく向かふ中世のくちばしのやうに尖つたマスク

わたしがあなたを傷つけぬやう距離をおく疫病はにがき愛に似てゐて

荷ぐるまに夫の亡骸乗せて曳くエリザベス闇にしろき脛(はぎ)を浮かべ

ひとりひとりの声、こころ、そして生命を封じ込めしか美談のかげで

美(は)しきものを美しと感ずる気持ちまで葬(はふ)るがに刈られゆくチューリップ

うがひ手洗ひくりかへす春のひなげしの紙石鹸のやうな花びら

新型ウイルス流行る兆しに「ハイタッチやめます」と自粛すくまモンまでが

白いマスク青いマスクが触れ合つてディスタンスディスタンス誓ひのキスも

引き籠もるこころに重くジムで漕ぐ自転車のやうに進まない日々

かたはらで黒ぐろと濡れし犬の眼に教へらるそつと寄り添ふこころ

伸び切つてゐないか髪は。膝は痛まないか。パンデミックに母の影おぼろ

遊行女婦

鎌倉・鶴岡八幡宮ぼんぼり祭

金魚のやうな浴衣の帯をゆらゆらとぼんぼり祭の宵を泳(ゆ)く童女

ひとの背丈ほども伸びあがり源氏池の真夏蜂起すしろい蓮の群れ

日が没ちて火入れの時刻　巫女の手に一燈一燈覚むるたましひ

和紙のからだに包まれ燃ゆる火のこころ入れ墨のやうな言葉を浮かべ

孫悟空の輪のやうな頭痛つづくうち夏雲を圧(お)し来たる秋かぜ

朝のからだを覚ますうるほひタンブラーのくすんだ青を「雨」と名づけて

赤や黄や茶いろの落ち葉ふつさりと朝かげに秋の路を掃くひと

落葉（らくゑふ）の色彩にまぎれ込まぬやう銀のシューズでゆく秋のまち

胸ぬちで一（イー）、二（アー）とチョコを数へゐむ趙（ちょう）さんはいまレジ打ちながら

海をはさみ睨み合ひする愚かおろかマスク、ネジすら中国製で

中国や韓国のことば聞こえ来（こ）ぬ江ノ電はしづかに差し掛かる海へ

昼闌けて人力車夫も手持ち無沙汰コロナウイルスに客足をさらはれ

「部活よりきッつい」あごを突き出して見習ひ車夫がのぼりゆく坂

「頼朝と政子の子は?」先輩の問ひに見習ひの車夫うなだれて吠えつ

あの角から出て来ぬか「滝の白糸」の冒頭を彩る車夫がひよいッと

かくれ鬼ひそみゐるよな懐かしさ古民家カフェの椅子にまどろむ

由比が浜あゆめば聴こゆ「枕慈童」をここで復習(さら)ひゐし亡き人のこゑ

水のなかで水のあらがひ感じゐる重みに〈楽（がく）〉の舞を踏み出づ

盤渉の笛ふくよかに鋭くてかぐはしき菊、水、命をよろこぶ

生にまつはる影のすべてを撥ねのけて「枕慈童」に菊みだれ咲く

「枕慈童」の拍子を踏む音つよまりぬ三十歳（さんじふ）で逝きし君を思ふとき

ふくらはぎ馬油（マーユ）でほぐす秋の夜に寄り来たる遊行女婦のまぼろし

胸に挿す花

舞囃子「松風」

月はひとつ影はふたつと謡ひ舞へばことば体（たい）を得て炎（も）ゆる恋の見ゆ

「雨垂れ」とふ銘の鼓に描かれし金の傘　ぷ、ぽ、と雫する音いろ

いつまでも覚えてゐるのは香り。声。思ひ出せないわ何故か顔だけが

その香り。その声。わたしの胸に挿す花なれば探しゐる夢のなか

きみの烏帽子、狩衣を纏（まと）つてもひとり　声だけになつて漂つてゐた

筆を運ぶはやさ、　ちからの籠めぐあひ　綴るおもひに苦き恋を舞ふ

あなたには逢へずこよひも夢やぶれ帰る浪の音の七ツ拍子踏む

素顔

ねむつてゐた愛に気づきぬ真夜中にひらく書肆にて逢ふゆめのなか

詩、画集、ぺーぱーバック　そのひとの素顔のやうな書架をめぐりぬ

生ひ茂る夏草に埋もれ在る門扉　半開きゆゑひとを寄せずに

きみの激しい焦燥が匂ふ　アトリエに生乾きの絵筆のみ残されて

どれも君だと気づかなかつた髪のかたち、色を絵ごとに変へてゐたから

完璧ぢやないなら毀したい　たたき割るごとくいのち絶ちたるひとよ

きみは孤独を浮かべてゐしか肩をならべ歩めば顔は見えずそのとき

だれにも見せない涙をシャワーに混ぜて哭く夜があつた筈なのに、きみにも

スタートダッシュ繰り返すやうに君は生き無垢でゐられない世界から消ゆ

もはや君の脚を容れざるスニーカーの空ろに白き薔薇を挿したり

焦点

まるで巨大な蟬が乾かす翅のごとく砂にひかるウインドサーフィンの帆が

透きとほる翅もつ巨大な蟬のやうにサーファーは宙がへりせり　夏

反りかへるサーファーのからだ　空と海　生と死　ぐるり反転させて

サーフボード抱へて海から上がるきみの濡れた髪　夏の焦点だつた

きみを探す癖がぬけないサーフボードかたはらに波を待つてゐさうで

いつぱしの波乗りの背を見せながら少年はボードを盾として海へ

君によく似たひとはゐるけど君ぢやない　夏の海　青い浮き輪がながれ

サーフボードも波もこの夏の焦点をむすばない君がゐないそれだけで

一本いつぽん檣（ほばしら）のロープ断つやうにアカウント閉ぢ逝きし君はも

胸のボタン消えてふさがらぬ白きシャツ去年の夏きみを失つてから

三浦春馬主演　ミュージカル「ホイッスル・ダウン・ザ・ウィンド」

ふたたびの幕は上がらない脱獄者〈ＴＨＥ ＭＡＮ〉のシャツのみ遺されていまも

きみが腕をとほす筈だつた　衣装係が汚しを効かせた脱獄者のシャツ

しばゐをやめて逝つてしまつた体からはぐれた薄いシャツ冷えてゐて

きみの身体にきみのたましひが宿つてゐた動いてゐた日々奇跡のやうな

おもひでの影から出たくない時計草の蕊（うごかない針）に触れゐて

進むやうでもどる針（こころ）文字盤を十回、十一回とまはるうち

レコード盤裏がへしそのＳＩＤＥ－Ｂを聴きたかつた　夭（わか）くして逝くきみの

未知のせかいへ飛び立つゆめも雨に呑まれ海へと落ちる花火見てゐつ

show と snow

冬陽浴びマチネの劇場街をゆけば聳えゐつ君のゆめが此処にも

三浦春馬主演　ミュージカル「キンキーブーツ」

編み上げのブーツのいろの「赤はＳＥＸ」ステージライトに飛び散る汗が

からだの顔とこころの顔がちがつても胸を張つて赤いブーツで踊つて

君のこゑが脚がこころが創り出したローラもゐなくなる君逝きて

だつてほら show と snow は綴りまで似ててはかなく消えてしまふの

踏み外せない世界ならせめて美しい嘘をついて　いま雪を降らせて

ポスターは貼り替へられて冬の街ショウは続きぬ君がゐなくても

春の字幕

表書きの青いインクを滲ませて春は来る雨の匂ひをまとひ

ひび割れたこころに沁みる雨のやうな春の夜のキース・ジャレットのピアノ

ギターの弦押さふるゆびに落とす眼のおだやかな旋律奏でゐし君はも

きみの声もことばも笑顔もすべて蔵(しま)ふスマホといふ墓にぎつて眠る

わだかまる愁ひは声にできなくてシャボン玉吹く空へと向かひ

地図といふ地図ひろげても君のゐない春　さくらばな虚ろに咲いて

さくら群れ咲くなかに目を惹く一輪のそんな人だつたと君をまた思ふ

顔をあげて。笑つて。ひらひら君の声でさくら舞ひ散る耳をかすめて

さくら散らす雨にくもれる窓にゆびで字幕を入れる〈ここからが旅だ〉と

IV

霧と空港

ブルーグレイの硝子でできたイヤリング外せば海はもう秋のいろ

沈む陽に祈つてゐたベドウィンの記憶浮かびくる爪さきの砂払ふとき

身にまとふ砂漠を生きる道しるべ「星」と「三日月」を藍で染め抜いて

空のいろ部族のいろを身にまとひ青く炎立つ少年の眼ぢから

キャラバンで商ふ旅もいまは夢サハラ砂漠にも国境はあつて

こゑは砂に呑まれるから両手で叩くラクダの皮を張つたトバイラ

フェズブルーの太鼓を打てば空のかなた失はれし首都のさざめき聴こゆ

飛び立てぬつばさで誰もつぎの風を待つてゐる気がする空港に来て

はおつてゐたシャツ脱ぎ捨てて発つやうに空港ピアノに放つメロディー

二〇二一年八月　カブール国際空港　タリバンの制圧から逃れる人々

しがみついた米機から墜つサッカーを続けたかつた十六歳のゆめも

「せめて」と高く突き上げられて壁越しに米兵がピックアップする赤ん坊

おまへの名も誕生日もだれが父母かとも告げられず訣(わか)れつ砂塵に呑まれ

風を浴びこぼれる巻き毛いま国を捨てる母の青いブルカの腕から

触ってはいけない誰のてのひらにも髪にも消毒してもこころにも

ストーブの薪はしづかに爆(は)ぜてゐて霧の夜は話しかけたくてあなたに

秋のさやかな滑走路見ゆ　ガラスペンの尖(さき)を便せんから離すとき

月を呑む蛙

月を蛙が呑むことすなはち「月蝕」とジンポー語に言ふ蛙たのもしき

＊ジンポー語　使用地域：ミャンマー、中国、インド

わかさぎ釣りの穴にも「オイボン」と名を与ふ厳冬を生きるロシアのひとは

＊サハ語　使用地域：ロシア

竿に干す魚（うを）にあける穴「ポティ」とはまだまだ来ない春をのぞく穴

＊ニヴフ語　使用地域：ロシア

神がすがたを変へて熊となりひとを訪ふ恩寵も「イヨマンテ」の語も消ゆ

＊アイヌ語　使用地域：北海道

帰りたくても帰れぬところ「ヒライス」におもふ仮設（かせつ）住宅に住まふひとたち

＊ウェールズ語　使用地域：ウェールズ（イギリス）

こどもから母語を剝ぎ取る「Welsh Not（ウェルシュ ノット）」方言札に首を差し出させ
＊ウェールズ語　使用地域：ウェールズ（イギリス）

戦利品のやうに言葉を奪ひたりこの国はむかし奄美、パラオから

電気の来ない村の夜なれば杖、鋏「デゥバッ」とはゆびで触れて探すこと
＊ラマホロット語　使用地域：フローレス島（インドネシア）

「よい夜を」ではなく「よい夢を」と交はすティディム・チン語に灯れるこころ

＊ティディム・チン語　使用地域：ミャンマー、インド

あの世と夢はおなじ「マラミク」のアンダマン語話せるひとの絶えて開かぬドア

＊大アンダマン混成語　使用地域：アンダマン諸島（インド）

時を越え空をわれは越ゆ　ねむるたび死に、覚めるたび生まれ変はつて

遠い街の地図をあてがひ見てゐれば未知の文字に似た雲ほぐれゆく

世界には約七千の言語があるといふ。最も話者数が多いのは中国語で九億人、三位の英語が三億七千万人、日本語は一億二千八百万人で九位。話者の多寡に関はらず、どの言語も風土や文化に根ざした豊かさを孕むのは言ふまでもない。

近頃マレーシアで発見されたジェデク語の話者は二八〇人。男女平等で暴力が殆どない生活様式を反映し、「裁判所」「盗む」「売買」といつた言葉がない一方、「交換」や「共有」を表す語彙は豊富だとか。未知の言葉から人々の暮らしに思ひを巡らせるのは楽しい。

＊参考文献『なくなりそうな世界のことば』吉岡乾（著）／西淑（イラスト）

雪、恥のやうに降る

『夜と霧』のページ繰るたび希望潰(つひ)えアウシュビッツは見るのも嫌ひ

＊ヴィクトール・フランクル著

アンジェイ・ワイダ監督「コルチャック先生」

シネマは夢だからユダヤの子らを救ふ架空の貨車のとびらを開けて

二〇二二年二月二十四日　ウクライナへロシアが侵攻

ちからづくで地図を書き換へる侵攻に踏み切れり時代錯誤のロシア

金糸銀糸のバレエ衣裳を軍服に替へてプリンシパルの戦ふキーウ

女（をみな）なるウクライナ兵の髪をかざる向日葵をおもふ桜あふぎて

銃をかまへ立ちあがる人ら　燃え落ちる屋根、壁にこころ崩れてゆくも

ウクライナ危機があぶりだす原発や憲法これまで片眼を瞑つてきたが

「爆撃が聞こえない」手話で訴へるひとのゐて酷(むご)し戦はどこまでも

「空襲」「爆撃」「防空壕」と手話はつづき戦火のウクライナを逃げまどふ

紙おむつの背なかに名前と電話番号書いて祈れりウクライナの母たち

焼け落ちて灰いろの景にそこだけが赤いブランコ漕ぎゐる少女

こゑもなく静かに涙こぼし戦禍のどの子もこどもの顔をしてゐない

とりすがつて泣く姿おもひ描きつつ仕掛けたのか、地雷を、亡きがらに

自転車ごと斃（たふ）れた体にみぞれ降りぬかるみに赤いマニキュアだけが

「略奪も虐殺もすべてフェイクだ」と何故言へるのか　雪、恥のやうに降る

せんさうは続いてゐる　薄むらさきのクロッカス春の陽に揺れてゐる

パレットで混ぜたやうな迷彩を着て征つたひと永久(とは)に絵筆を擱いて

疲れ切つた投降兵らのこの眼、この唇（くち）　絶望に顔があるなら

捕虜を運ぶバスにほの浮かぶ女性兵のよこがほ　犬の頭（づ）を撫でてゐた

そこに坐すひとが溶け失せたのかともシートに青い縁（ふち）のめがねが

梅雨のはざまの西陽はつよくブラインドの影で縞模様を生む花びらに

孤独の意味が変はつたと鍵盤(キイ)に下ろすゆび戦火のハルキウを逃れ来て

おもちやもお菓子もポーランドでは無料(ただ)だつたと難民の少女のまだ知らぬ憐れみ

ウクライナの言葉をまなび直すひとら母国語は盾であり旗だから

マリウポリ陥ちてロシア語をまなぶ児らロシア国旗を背にならばされ

パレードがゆくよ窓から見下ろせば此処ぢやない国の唄をうたつて

アイマスク

手に執りしのみにガラスペン擱くまでの秋　あの人はもうゐないから

後篇のとびら捲ればゆめは覚め読みさしのまま閉ざされる生も

抑へた涙もちひさな叫びもあつた気が。読み飛ばしがちな日々のあはひに

そらいろのビニールを張つた傘越しに仰げば晴れと見まちがふそら

二〇二二年七月八日　安倍晋三元総理の死

一発にふりむいて二発の銃弾が撃ち落とすこの国のアイマスク

ゆふだちが舗装路に生む黒き染みもカルトも見えてゐなかつた夏

ひび割れたスマホで必死にさぐる日の戦況がすべてフェイクだつたら

ウクライナの少女の絵

うでも脚も替へられる機械のからだとふ未来図をゑがく戦火の少女

アゼルバイジャンの少年の絵

ふた切れのパンの方が重く描かれて天秤にあばらの浮いたふたりが

月の探査や野球で賑はふヘッドラインくるぶしを洗ふ危機くらませて

Village Vanguard

見えない弦を奏でて失くす手ぶくろの片方きみは冬が来るたび

トランペットの飛沫を恐れひとを恐れ息ができないジップロックされて

ライヴ盤にこもる息づかひ〈Waltz for Debby〉あの日の喝采もざわめきも

弦を鳴らすゆびへ降り来るここに眠るジャズ・ジャイアンツの霊、スピリッツ

ジャズピアニスト・海野雅威氏

癒えぬ身体でこころでピアノに向かふひとレイシズムに肩を砕かれながら

〈When will it stop?〉トランペットの音は低く、深く、永く問ふ分断のゆくへを

この街を人種／ジェンダー／貧富によらず照らすヴァンガードの赤いネオンが

祈りの季節

だれかの祈りが聴こえたやうで立ちどまる街角に〈SANTA STOP HERE〉の文字が

〈SANTA STOP HERE〉たとへば生きるため病と闘ふひとのもとへと

はしやぐ声が風に巻かれて去りしのち雪だるま生（あ）る駅のベンチに

あらがひがたく声は流れ去るものだつた蓄音機が世にあらはれるまで

すり減らす針で歌ひ手のたましひを喚び出すやうな蓄音機の音いろ

ビング・クロスビーの歌ふ〈ホワイトクリスマス〉生れし冬　真珠湾燃えてゐて

ランキングには（暗黙のルールがあつて）白人のビッグバンドばかりが

膚のいろが黒い　それだけで奏でるな聴くなと閉ざすジャズクラブでさへも

ビ・バップとふ新たな音楽生み出せるアメリカと戦つてゐた無謀にも

米兵の郷愁を誘ひ〈センチメンタルジャーニー〉流行れり沖縄戦のさなか

だれもが耳をふさいで歩く冬晴れの街からクリスマスソングも消えて

くすみゆく故郷　サンタにプレゼントをねだつたおもちや屋も寂びれゐて

もみの木にちぎつて載せた雪白し母の針箱から真綿をもらひ

アドベントカレンダーには開けるのが恐い扉などひとつもなくて

ひるがへる雪に「青女（せいぢょ）」の異称ありてガラスに病めるいもうとの影

旅の地図が見つからぬやうな入院のいもうとスーツケースをひろげ

ダ・ヴィンチの〈最後の晩餐〉仰ぎ見し夏うすれゆく壁の匂ひも

いもうとの耳に掛けやれば秘めて来し悲しみのごとく白髪ひかれり

まつすぐで柔らかな髪わたしとはちがふ海をいもうとは渡り来て

骨張つた体軀の揺れがいもうとに似てゐる小舟いますれ違ふ

ふるさとに置き去りにして来たものを匂ひ立たせて水仙ひらく

感受性を鈍らせどうか生き延びて髪が抜け落ちる治療をまへに

息子をヤングケアラーにしてしまふ憂ひ　いもうとはいつも先走りがちで

制服のボタン縫ひ付けられたかどうか始業式前夜の息子をおもひ

砂に書かれた「がんばつて」の文字風にひかる面会できない窓を見上げて

幻聴の森を彷徨ふひとのこゑパンドラの匣から飛び出すやうな

薬のせゐで支離滅裂なＬＩＮＥのなかに夫の誕生日を祝ふことばが

ピアノがいつも鳴つてゐると言ふいもうとの耳の奥にある息子のピアノ

せせらぎに霧が淡くかたちづくる橋をまへに少年はうなだれて立ち尽くしをり

はやく大人になれと急かしてゐないかと読みかへすメールいもうとを看る甥へ

ひときは寒いこの冬を燈すものとして手のひらにつつむ赤いマグカップ

朱塗りの橋をのぞむベンチにまはだかの桜かかり春のまぼろしを見す

心のもやを祓ふいのりの向かうにはひとがゐる、ひとをおもふ火がある

永久機関

ああこれはいもうとの冷えゆくからだ　凍えつつ朝もやの海をわたれり

車椅子の母に付き添ひゐし日々のこの病院でいもうとが逝くなんて

がんと闘ふ苦しさは搬び去られゐてベッドに残る毛布のうねり

いもうとの死を見つめそこにある眼鏡ついさつきまで掛けてゐたふうで

ひつぎの母へ　少年はこゆびに絡ませた赤い毛糸を百合の茎へと

だれに何を謝ればいいかわからない　いもうとの遺影母に抱かせて

花のやうに楽譜を柩に撒いたから花は咲くフルートの呼吸（いき）を零して

振れやまぬ球わが胸に吊られゐて日々に重りぬあなたが逝つてから

ことし早咲きのさくらの何が不思議だらう　いもうとが先に逝く世のなかで

息子の胸で消せぬ雪となるいもうとか銀のペンダントに骨を納められ

いもうとのピアノは息子に弾きつがれ羅針盤のやうに進路をひらく

生き写しのゆびで奏でゐるピアノこそたましひの永久機関とおもふ

あとがき

それがあまりに突然の死で、訃報からしばらく経っても受け容れられず、胸苦しさで眠れない夜がつづくとき。悲しみを言葉にすることで気持ちの整理をつけようと歌を詠む。何故逝ってしまったのか……、そのひとの心の淵に降りてゆく苦しさのなか、命綱のように歌のフォルムを握り締めている。

そのひとに呼び掛けるように言葉を選び、悲しみが氾濫しないよう型に納めてゆく。忘れるのではなく、そのひとの新しい居場所を心のなかに整えるような作業だ。そうしてようやく幾つかの歌ができる頃には、シャワーに紛らせて泣くことができる。明日からまた歩いてゆける。

＊

これは私の第四歌集である。前歌集『裸眼で触れる』上梓後の二〇一七年夏から二〇二二年夏までの作品のうち、三八七首を選び収めた。主題に重きを置いたため、構成は制作時期に関わらないものとなっている。戦争や災害や身近な死によって影絵のなかを歩んでいるような、その向こうの光を求め続けるような日々だったと思う。人生の半ばに差し掛かり感じずにはいられない陰翳を、『せかいの影絵』という歌集名に籠めた。

*

気がつけば歌を始めてから四半世紀が経っていた。その最初から現在に至るまで、馬場あき子先生から変わらぬ御指導を賜れる幸いを思う。また、装幀に関しては旧くからの友人である舩木有紀氏に、出版に際しては「短歌研究」編集長の國兼秀二氏、同編集部の菊池洋美氏にお力添えいただいた。深く御礼申し上げる。

二〇二二年十月

松本典子

著者略歴

松本典子（まつもとのりこ）

一九七〇年、千葉県生まれ。早稲田大学卒業。一九九七年より作歌を始め、同年「かりん」に入会、馬場あき子に師事。第二〇回かりん賞、第四六回角川短歌賞受賞。歌集に『いびつな果実』（第四回現代短歌新人賞受賞）、『ひといろに染まれ』、『裸眼で触れる』。現代歌人協会会員。日本歌人クラブ会員。

検印
省略

かりん叢書第四一〇篇

令和五年二月五日　印刷発行

歌集　せかいの影絵（かげゑ）

著者　松本典子（まつもとのりこ）

発行者　國兼秀二

発行所　短歌研究社

郵便番号一一二―〇〇一三
東京都文京区音羽一―一七―一四　音羽YKビル
電話〇三（三九四四）四八二二・四八三三
振替〇〇一九〇―九―二四三七五番

印刷者　KPSプロダクツ
製本者　加藤製本

ISBN978-4-86272-729-9 C0092